Wanda
Rosa-Li
Willi
Dick
Heppe
Mini

Die Deutsche Nationalbibliothek verzeichnet diese Publikation
in der Deutschen Nationalbibliografie; detaillierte bibliografische Daten
sind im Internet über http://dnb.d-nb.de abrufbar.

Text: Saskia Hula | Illustration: Christine Brand |
Printed in Austria | ISBN 978-3-7941-5202-5 | www.sauerlaender.de

KOMME GLEICH

Sauerländer

Saskia Hula | Christine Brand

Jeden Donnerstag treffen sich sechs kleine Schweine zum Spielen.

»Sind wir alle da?«, fragt Dick und fängt an zu zählen:

»Ich bin da. Rosa-Li ist da. Wanda ist da. Mini ist da. Willi ist da. Einer fehlt! Wo ist Heppe?«

Heppe sitzt noch auf dem Apfelbaum. »Ich komme gleich!«, schreit er.
»Ich komme auch gleich«, sagt Mini, »ich geh nur noch schnell aufs Klo.«

Heppe springt mit einem tollen Sprung vom Apfelbaum.
»Da bin ich!«, ruft er. »Können wir jetzt endlich spielen?«
Heppe fängt an zu zählen.

»Ich bin da, Wanda ist da, Willi ist da, Dick ist da, Rosa-Li ist da – einer fehlt. Wo ist Mini?«

»Das Klopapier ist aus!«, ruft Mini.

»Kann mir mal jemand eine neue Rolle bringen?«

»Ich mache das«, sagt Dick.

»Und dann hole ich mir noch schnell ein Wurstbrot!«

Die Klospülung rauscht.

Da kommt Mini. »Können wir jetzt endlich spielen?«, fragt sie und fängt an zu zählen.

»Ich bin da, Wanda ist da, Willi ist da, Rosa-Li ist da, Heppe ist da.
Einer fehlt! Wo ist Dick?«

»Ich komme gleich!«, ruft Dick. »Ich schmiere nur noch die Butter unter die Wurst!«

»Ich komme auch gleich«, sagt Rosa-Li. »Ich wasche mir nur noch schnell die Hände!«

Da kommt ein großes Wurstbrot mit viel Butter.
Hinter dem Wurstbrot kommt Dick.

»Können wir jetzt endlich spielen?«, fragt er kauend und fängt an zu zählen.
»Ich bin da, Mini ist da, Willi ist da, Heppe ist da, Wanda ist da, …
Einer fehlt! Wo ist Rosa-Li?«
»Ich komme gleich!«, ruft Rosa-Li. »Ich muss mir nur noch die Hände abtrocknen!«
»Ich komme auch gleich«, sagt Willi.
»Ich schau nur schnell nach, wie das Fußballspiel steht!«

Rosa-Li kommt mit sehr sauberen und sehr trockenen Händen zurück.

»So, da bin ich«, sagt sie. »Können wir jetzt endlich spielen?

Sie fängt an zu zählen: »Ich bin da. Heppe ist da, Mini ist da, Wanda ist da, Dick ist da. Einer fehlt! Wo ist Willi?«

»Ich komme gleich!«, ruft Willi. »Es ist gerade Elfmeter!«

»Ich komme auch gleich«, sagt Wanda. »Ich muss noch schnell meine Oma anrufen!«

Heute Tanzmusike

Willi kommt angesaust und bremst scharf.

»1:0«, sagt er zufrieden.

»Können wir jetzt endlich spielen?«

Er beginnt zu zählen: »Ich bin da. Heppe ist da, Dick ist da, Mini ist da, Rosa-Li ist da.

Einer fehlt! Wo ist Wanda?«

»Ich komme gleich!«, ruft Wanda. »Es ist besetzt!«

»Wenn das so ist«, sagt Heppe, »dann laufe ich noch einmal schnell ums Haus.«

»Wenn das so ist«, sagt Dick. »dann hole ich mir noch etwas zu trinken!«

»Wenn das so ist«, sagt Willi,
»dann sehe ich mir noch schnell den Eckball an!«
»Wenn das so ist«, sagt Mini,
»dann gehe ich lieber noch einmal aufs Klo. Sicher ist sicher!«

Da kommt Wanda.

»Alles in Ordnung«, sagt sie. »Können wir jetzt endlich spielen?«

»Na ja«, sagt Rosa-Li und gähnt. »Ich bin da. Du bist da. Aber alle anderen fehlen.«

Wanda runzelt die Stirn.

»Was wollten wir denn überhaupt spielen?«, fragt sie.

»Ich weiß nicht«, sagt Rosa-Li. »Vielleicht Verstecken?«

»Verstecken ist gut«, sagt Wanda.

»Weil nämlich alle schon irgendwie versteckt sind. Alle außer dir und mir!«

»Ich bin auch gleich versteckt«, sagt Rosa-Li und läuft schnell davon.

Wanda macht die Augen zu und beginnt sehr laut zu zählen: »1, 2, 3, 4, 5, 6, 7, 8, 9, 10.«

Und dann geht das Spiel endlich los.

Heute Tanzmusik

Wanda
Rosa-Li
Willi
Dick
Heppe
Mini